Jack Kerouac

CENAS DE NOVA YORK
e outras viagens

Tradução e seleção de Eduardo Bueno

www.lpm.com.br

L&PM POCKET

COLEÇÃO 64 PÁGINAS

Coleção **L&PM** POCKET, vol. 1015

Texto de acordo com a nova ortografia.
Título original: "New York Scenes", "Alone on a Mountaintop", "The Vanishing American Hobo" e "Rimbaud"

Estes relatos de viagens foram publicados na Coleção **L&PM** POCKET no livro *Viajante solitário* (v. 462); o poema "Rimbaud" foi publicado na Revista 80 (v. 9), L&PM Editores, 1984.
Esta edição na Coleção **L&PM** POCKET: fevereiro de 2012
Esta reimpressão: dezembro de 2012

Tradução:
"Apresentação do autor" e os relatos de viagens "Cenas de Nova York", "Sozinho no topo da montanha", "O vagabundo americano em extinção": Eduardo Bueno
O poema "Rimbaud": Albino Poli Jr.
Revisão da tradução: Lúcia Brito
Capa: Ivan Pinheiro Machado. *Foto*: Elliott Erwitt/Magnum Photos
Revisão: Jó Saldanha, Bianca Pasqualini e Renato Deitos

CIP-Brasil. Catalogação na Fonte
Sindicato Nacional dos Editores de Livros, RJ

K47c

Kerouac, Jack, 1922-1969
Cenas de Nova York e outras viagens / Jack Kerouac; tradução de Eduardo Bueno. – Porto Alegre, RS: L&PM, 2012.
64p. (Coleção L&PM POCKET, v. 1015)

Conteúdo de: Cenas de Nova York; Sozinho no topo da montanha; O vagabundo americano em extinção; Rimbaud
ISBN 978-85-254-2595-9

1. Kerouac, Jack, 1922-1969. 2. Viagens. 3. Escritores americanos - Biografia. I. Título. II. Série.

12-0251. CDD: 928.1
CDU: 929:821.111(73)

Rua Comendador Coruja, 314, loja 9 – Floresta – 90.220-180
Porto Alegre – RS – Brasil / Fone: 51.3225.5777 – Fax: 51.3221.5380

Pedidos & Depto. Comercial: vendas@lpm.com.br
Fale conosco: info@lpm.com.br
www.lpm.com.br

Impresso na Gráfica e Editora Pallotti, Santa Maria, RS, Brasil
Primavera de 2012

Sumário

Apresentação do autor

NOME Jack Kerouac

NACIONALIDADE Franco-americana

LOCAL DE NASCIMENTO Lowell, Massachusetts

DATA DE NASCIMENTO 12 de março de 1922

INSTRUÇÃO *(escolas frequentadas, cursos especiais, diplomas e anos)*
Escola de Lowell (Mass.); Escola Masculina Horace Mann; Universidade de Columbia (1940-1942); New School for Social Research (1948-1949). Ciências Humanas, nenhum diploma (1936-1949). Ganhei um A de Mark van Doren em Inglês na Columbia (curso sobre Shakespeare). – Levei pau em Química na Columbia. – Tirei média 92 na Horace Mann (1939-1940). Joguei futebol americano no time principal da universidade. Também pratiquei atletismo, beisebol e xadrez.

CASADO Não

FILHOS Não

RESUMO DAS PRINCIPAIS OCUPAÇÕES E/OU EMPREGOS
Tudo. Especificando: ajudante de cozinha e lavador de pratos em navios, empregado de posto de gasolina, limpador de convés, jornalista esportivo *(Lowell Sun)*, guarda-freios

ferroviário, condensador de roteiros da 20th Century Fox em Nova York, balconista de lanchonete, funcionário nos pátios de manobras de estradas de ferro, também carregador de mala na estação ferroviária, apanhador de algodão, ajudante de empresa de mudanças, aprendiz de laminação de metal no Pentágono, em 1942, vigia de incêndios florestais em 1956, operário da construção civil (1941).

INTERESSES

HOBBIES Inventei meu próprio jogo de beisebol, com programação extremamente complicada, e estou prestes a começar uma temporada completa de 154 jogos entre 8 clubes, com todos os elementos, médias dos batedores, médias dos lançadores e tudo o mais.

ESPORTES Pratiquei todos, menos tênis, *lacrosse* e *skull.*

ESPECIAL Garotas

FAÇA UM BREVE RESUMO DE SUA VIDA, POR FAVOR
Tive uma bela infância, meu pai era tipógrafo em Lowell, Massachusetts, perambulava pelos campos e pelas margens dos rios dia e noite, escrevi pequenos romances no meu quarto, o primeiro aos onze anos de idade, mantive também longos diários e "jornais" que faziam a cobertura dos meus mundos desportivos, corridas de cavalo, jogos de beisebol e futebol inventados por mim mesmo (conforme está registrado no romance *Doctor Sax*). – Tive uma boa educação primária com jesuítas na escola paroquial Saint Joseph, em Lowell, graças à qual, mais tarde, pude pular o sexto ano em uma escola pública; quando criança, viajei com a família para Montreal e Québec; Billy White, o prefeito de Lawrence (Mass.), me deu um cavalo quando eu tinha onze anos, deixei toda a garotada da vizinhança dar umas voltas; o cavalo fugiu. Fiz longas caminhadas noturnas sob as velhas árvores da Nova Inglaterra com minha mãe e minha tia. Ouvi atentamente os mexericos delas. Aos dezessete anos, decidi me tornar escritor, influenciado por Sebastian Sampas, jovem poeta local

que mais tarde viria a morrer na invasão da praia de Anzio; li a vida de Jack London aos dezoito anos e também decidi me tornar um aventureiro, um viajante solitário; Saroyan e Hemingway foram minhas primeiras influências literárias; mais tarde, Wolfe (depois de ter quebrado a perna em uma partida de futebol americano de calouros na Columbia, li Tom Wolfe e perambulei por sua Nova York de muletas). – Influenciado também por meu irmão mais velho, Gerard Kerouac, que morreu aos nove anos, em 1926, quando eu tinha quatro anos, grande pintor e desenhista na infância (ele era) – (segundo as freiras, também era um santo) – (tudo registrado no romance *Visions of Gerard*, que em breve será lançado). Meu pai era um homem absolutamente honesto e cheio de alegria; tornou-se ranzinza nos seus últimos anos por causa de Roosevelt e da Segunda Guerra Mundial, morreu de câncer no baço. – Minha mãe ainda vive, moro com ela em uma espécie de vida monástica que me permite escrever tanto quanto tenho escrito. – Mas também escrevo quando estou na estrada, como vagabundo, ferroviário, exilado no México, em viagem pela Europa (conforme está narrado em *Viajante solitário*). – Tenho uma irmã, Caroline, atualmente casada com Paul E. Blake Jr., de Henderson, Carolina do Norte, técnico antimísseis do governo – ela tem um filho, Paul Jr., meu sobrinho, que me chama de tio Jack e me ama. – Minha mãe se chama Gabrielle, com ela aprendi tudo sobre a arte de contar histórias com naturalidade, ouvindo suas longas narrativas sobre Montreal e New Hampshire. – Minha família remonta à Bretanha, França, o primeiro antepassado norte-americano é o barão Alexandre Louis Lebris de Kérouac, de Cornwall, Bretanha, que em 1750 mais ou menos recebeu terras ao longo da Rivière du Loup, depois da vitória de Wolfe sobre Montcalm; seus descendentes casaram-se com índias (mohawk e caughnawaga) e tornaram-se plantadores de batatas; o primeiro descendente americano foi meu avô Jean-Baptiste Kérouac, carpinteiro, de Nashua, N.H. – A mãe do meu pai era uma Bernier, parente do explorador Bernier – todos são bretões, por parte de meu pai. – Minha mãe tem sobrenome normando, L'Evesque.

Meu primeiro romance formal foi *The Town and the City*, escrito na tradição de trabalho longo e revisão, de 1946 a 1948, três anos, publicado pela Harcourt Brace em 1950. – Então descobri a prosa "espontânea" e escrevi, digamos, *The Subterraneans* em três noites – escrevi *On the Road* em três semanas –

Li e estudei sozinho a vida inteira. – Estabeleci o recorde de falta às aulas da faculdade de Columbia para ficar no meu quarto escrevendo uma peça diária e lendo, digamos, Louis Ferdinand Céline, em vez dos "clássicos" do curso.

Sempre tive minhas próprias ideias. – Sou conhecido como "vagabundo maluco e anjo" com uma "cabeça desnuda e inesgotável" de "prosa". Também poeta, *Mexico City Blues* (Grove, 1959). – Sempre considerei escrever meu dever na Terra. E também pregar a bondade universal, que críticos histéricos não foram capazes de descobrir sob a frenética atividade das minhas histórias verídicas sobre a geração *beat*. – Na verdade, não sou um *beat*, mas sim um estranho e solitário católico, louco e místico...

Planos finais: solidão eremítica nas florestas, escrever tranquilamente na velhice, vaga esperança do Paraíso (como, de resto, todo mundo)...

Queixa favorita sobre o mundo contemporâneo: o desprezo jocoso das pessoas "respeitáveis"... que, por não levarem nada a sério, estão destruindo velhos sentimentos humanos, mais antigos do que a *Time Magazine*... Dave Garroways rindo-se de pombas brancas...

FAÇA, POR FAVOR, UMA PEQUENA DESCRIÇÃO DO LIVRO, SEU CONTEÚDO E PROPÓSITO, NA SUA OPINIÃO

Viajante solitário é uma coleção de textos publicados e inéditos conectados por um tema comum: viagens.

As viagens percorrem os Estados Unidos do sul para a costa leste, costa oeste, o noroeste distante, México, Marrocos, Paris, Londres, os oceanos Atlântico e o Pacífico a bordo de navios, e as várias pessoas e cidades interessantes encontradas nesses lugares.

Trabalhos em ferrovias, no mar, misticismo, trabalho na montanha, lascívia, solipsismo, autoindulgência, touradas, drogas, igrejas, museus de arte, ruas urbanas, um apanhado geral da vida vivida por um vagabundo sem grana e educado de forma independente, indo a lugar algum.

Seu objetivo e propósito é simplesmente poesia, ou descrição natural.

Cenas de Nova York

NESSA ÉPOCA MINHA MÃE morava sozinha em um pequeno apartamento em Jamaica, Long Island, trabalhava em uma fábrica de sapatos, esperando que eu retornasse ao lar para lhe fazer companhia e levá-la ao Radio City uma vez por mês. Mantinha um quarto minúsculo à minha espera, roupa lavada no armário, lençóis limpos na cama. Foi um alívio depois de todos aqueles sacos de dormir, beliches e poeira das estradas de ferro. Foi mais uma das muitas oportunidades que ela me deu durante sua vida para simplesmente ficar em casa e escrever.

Sempre dou a ela tudo o que sobra dos meus pagamentos. Me instalei para longas sonecas sossegadas, para dias inteiros de meditação em casa, para escrever e para extensas caminhadas pela velha e querida Manhattan, a meia hora dali de metrô. Percorri as ruas, as pontes, Times Square, cafés, o cais, visitei todos os meus amigos poetas beatniks e perambulei com eles, tive casos com garotas do Village e fiz tudo isso com aquela imensa e louca alegria que se sente quando se retorna a Nova York.

Tenho escutado grandes cantores negros a chamarem de "A Maçã"!

"Ali está agora a vossa cidade insular dos *manhattoes*, envolta pelo cais", cantou Herman Melville.

"Envolta por marés flamejantes", recitou Thomas Wolfe.

Vistas completas de Nova York por toda parte, de New Jersey, dos arranha-céus.

ATÉ DE BARES, como um bar da Third Avenue – quatro da tarde, os homens riem ruidosamente, copos retinindo junto com os pés na barra de latão do balcão, excitação do tipo "vamos lá, pessoal" – outubro no ar, no sol do veranico na porta. – Entram dois vendedores da Madison Avenue que passaram o dia inteiro trabalhando, jovens, bem-vestidos, roupas justas, charuto na boca, satisfeitos por terem ganho o dia e pelo drinque que está a caminho, avançam lado a lado sorridentes, mas não há espaço no balcão congestionado e barulhento (Merda!), por isso ficam de pé à espera, rindo e conversando. – Os homens amam os bares, e os bons bares merecem ser amados. – Esse aqui está repleto de homens de negócios, operários, Finn MacCools do Tempo. – Velhos beberrões grisalhos de macacão enxugando cerveja alegres. – Caminhoneiros anônimos com lanternas dependuradas no cinto – velhos bebedores de cerveja alquebrados erguendo tristemente os lábios arroxeados para os píncaros felizes da bebedeira. – Os bartenders são rápidos, solícitos, interessados tanto em seu trabalho como na clientela. – Como em Dublin às 4h30 da tarde, quando o trabalho termina, mas aqui é a fantástica Third Avenue de Nova York, almoço grátis, cheiros da rua triste, rio de dejetos, almoço na estrada suja, portas que se fecham, heróis guitarristas de suíças longas, aroma nos degraus de madeira das soleiras do entardecer sonolento. – Mas são as torres de Nova York se erguendo mais além, vozes se chocam e se confundem falando e mastigando a fofoca até Earwicker abrir o jogo – Ah, Jack Fitzgerald Mighty Murphy, onde anda você? – Trabalhadores braçais semicalvos de camisas azuis remendadas e jeans puídos empunham copos de cerveja de fim de tarde coroados de espuma branca. – O metrô trepida por baixo do bar enquanto o executivo de chapéu e colete mas sem paletó troca o pé esquerdo pelo direito na barra de latão sob o balcão. – Um negro de chapéu, respeitável, jovem, de jornal embaixo do braço, se despede ao balcão, simpático e paternal, se inclinando sobre os outros homens – um ascensorista parado ali no canto. – E não era aqui, segundo contam, que Novak, o corretor de imóveis, costumava ficar de pé até altas horas da noite para se arranjar e enriquecer em sua cela branca de verme noturno datilografando relatórios e cartas, mulher e filhos furiosos em casa às onze da noite – ambicioso, preocupado, em um pequeno escritório da Island, bem ali naquela rua, sem dignidade, mas aberto a qualquer tipo de negócio e na infância qualquer negócio pode ser pequeno e a ambição grande – está agora servindo de adubo para quantas margaridas? e jamais juntou seu milhão, nunca bebeu um copo com *So Long Gee Gee* e *I Love You Too* nessa cervejaria do entardecer com homens eufóricos girando nos tamboretes e arrastando os saltos dos sapatos pela barra de latão em Nova York. – Nunca chamou Old Glasses para brindar seu nariz vermelho e batatudo com um trago – jamais sorriu nem permitiu às moscas utilizarem seu nariz como ponto de referência – mas criou uma úlcera no meio da noite para enriquecer e proporcionar o melhor à sua família. – Por isso seu cobertor agora é a melhor porção de terra americana, produzida nos moinhos do saxão com cara de lua de Hudson Bay e trazida até aqui por um pintor de macacão branco (em silêncio) para cercear a jornada de sua outrora una carne, e permitir que os vermes se enterrem nela – Cerca! Vamos lá, mais uma cerveja, seus beberrões – Malditos canequeiros! Amantes!

MEUS AMIGOS E EU temos nossa maneira especial de nos divertirmos em Nova York sem gastar muita grana e principalmente sem sermos importunados por chatos formalistas, como por exemplo uma noitada grã-fina no baile da prefeitura. – Não precisamos apertar mãos, não precisamos marcar encontros e nos sentimos ótimos. – Vagabundeamos sem rumo como crianças. – Entramos nas festas e dizemos a todo mundo o que temos feito, e as pessoas pensam que estamos nos exibindo. – Dizem: "Oh, olhem os beatniks!".

Vai aqui, como exemplo, uma noite típica: –

Emergindo do metrô da 7th Avenue na 42nd Street, você passa pelo mictório mais arrebentado de Nova York – nunca se sabe se está aberto ou não, geralmente há uma enorme corrente atravessada em frente à porta dizendo que está estragado, ou então tem um monstro decrépito de cabelos brancos se arrastando na entrada, um mictório pelo qual todos os sete milhões de habitantes de Nova York já passaram pelo menos uma vez e repararam em sua estranheza – a seguir você cruza pelo novo quiosque de hambúrgueres na brasa, bancas de bíblias, *jukeboxes* automáticas e uma mísera banca subterrânea de revistas usadas ao lado de uma tenda de amendoins cheirando a arcadas de metrô – aqui e ali um exemplar usado do velho bardo Plotino metido entre pedaços de coleções de livros didáticos alemães – onde vendem longos cachorros-quentes de aspecto nojento (não, na verdade são bastante atraentes, principalmente se você não tem quinze centavos e procura alguém na Bickford's Cafeteria que aceite abrir um crédito para você) (que possa emprestar uns trocados).

Depois de subir a escadaria, as pessoas permanecem horas e horas tagarelando na chuva, com os guarda-chuvas encharcados – bandos de garotos de jeans, loucos de medo de entrar no exército, em pé no meio da escada sobre degraus de ferro à espera sabe Deus do que, certamente há entre eles alguns heróis românticos recém-chegados de Oklahoma com ambições de acabar entre suspiros nos braços de alguma jovem loira sexy e imprevisível em uma cobertura do Empire State Building – provavelmente alguns deles estão parados ali sonhando ser donos do Empire State Building por obra e graça de algum passe de mágica com o qual sonharam junto a um regato do interior próximo a uma velha casa caindo aos pedaços nos arredores de Texarkana. – Com vergonha de serem vistos na fila para entrar em um filme de sacanagem (o filme, como se chama?) na calçada em frente ao New York Times – O leão e o tigre passando, como Tom Wolfe costumava dizer a respeito de certos sujeitos cruzando aquela esquina.

Recostado naquela loja de charutos com uma infinidade de cabines telefônicas na esquina da 42nd com a Seventh, onde você dá belos telefonemas observando a rua, e ali dentro parece muito aconchegante enquanto lá fora chove e parece uma boa ideia prolongar a conversação, quem você vê? Equipes de beisebol? Treinadores de basquete? Todos aqueles sujeitos do rinque de patinação vão ali? Caras do Bronx em busca de ação, mas na real a fim de romance? Estranhas duplas de garotas saindo de filmes de sacanagem? Você já as viu alguma vez antes? Ou homens de negócios aturdidos de porre, com chapéus enviesados nas cabeças grisalhas, fitando catatonicamente os letreiros que flutuam no alto do prédio do *Times*, exibindo frases enormes a respeito de Khrushchev, populações da Ásia enumeradas em lâmpadas que acendem e apagam, sempre quinhentos pontos depois de cada frase. – De súbito surge na esquina um policial psicoticamente preocupado e manda todo mundo circular. – Esse é o centro da maior cidade que o mundo jamais conheceu, e isso é o que os beatniks fazem aqui. – “Ficar parado na esquina esperando ninguém é Poder”, profetizou o poeta Gregory Corso.

Em vez de ir a boates – se você está na posição de quem pode frequentar boates (a maioria dos beatniks chacoalha bolsos vazios quando passa pelo Birdland) – como é estranho parar na calçada e apenas observar aquele esquisitão excêntrico da Second Avenue que parece Napoleão ao passar, esmigalhando os pedaços de pão em seu bolso, ou um garoto de quinze anos e cara atrevida, ou alguém que de repente passa zunindo com um boné de beisebol (porque é isso que você vê) e finalmente uma senhora com sete chapéus e um longo casaco de peles esfarrapado em plena noite de verão carregando uma enorme bolsa de lã russa cheia de pedacinhos de papel amassado onde se lê "Festival Foundation Inc., 70 mil Germes" e traças saindo de suas mangas – ela aborda e perturba os *shriners.** E soldados sem guerra com sacos de lona – tocadores de harmônica saídos de trens de carga. – Claro que há nova-iorquinos normais, que parecem ridiculamente deslocados e tão esquisitos quanto sua própria esquisitice elegante, carregando pizzas e jornais diários e a caminho de porões escuros ou trens da Pensilvânia – o próprio W. H. Auden pode ser visto todo atrapalhado sob a chuva – Paul Bowles, alinhado em um terno de poliéster, retornando de uma viagem ao Marrocos, o fantasma do próprio Herman Melville seguido por Bartleby, o autor de Wall Street, e Pierre, o hipster ambíguo de 1848 dando um passeio – para ver o que há de novo nos *flashes* noticiosos do *Times.* – Voltemos à banca de jornais da esquina. – EXPLOSÃO ESPACIAL... O PAPA LAVA OS PÉS DOS POBRES...

Vamos cruzar a rua até o Grant's, nosso restaurante predileto. Por 65 centavos você descola uma enorme porção de mexilhões fritos, um monte de batatas fritas, uma pequena porção de salada de repolho, um pouco de molho tártaro, uma tacinha de molho vermelho para peixe, uma rodela de limão, duas fatias de pão de centeio e um pedacinho de manteiga, e por mais dez centavos um copo de uma excelente cerveja de raiz de vidoeiro. – Que festim comer aqui! Bandos de espanhóis em pé engolindo cachorros-quentes encostados nos enormes potes de mostarda. – Dez balcões diferentes com diferentes especialidades. – Sanduíches de queijo por dez centavos, dois bares para o Apocalipse, oh sim, e ótimos garçons indiferentes. – E tiras comendo de graça lá nos fundos – saxofonistas bêbados cochilando – respeitáveis punguistas solitários esfarrapados da Hudson Street sorvendo sua sopa

* Membro de uma fraternidade norte-americana que só admite cavaleiros templários ou maçons. (N.T.)

sem trocar uma palavra com ninguém, os dedos negros, uau. – Vinte mil clientes por dia – cinquenta mil nos dias de chuva – cem mil quando neva. – Aberto vinte e quatro horas por noite. Intimidade – absoluta, sob uma forte luz vermelha repleta de conversações. – Toulouse-Lautrec, com sua deformidade e sua bengala, rabiscando em um canto. – Você pode ficar ali por cinco minutos e devorar sua comida ou então permanecer horas mantendo uma conversa filosófica insana com seu companheiro e se surpreendendo com as pessoas. – "Vamos comer um cachorro-quente antes de ir ao cinema!", e aí você fica tão doido lá dentro que não vai a cinema nenhum porque aquilo ali é muito melhor do que um filme de Doris Day em férias no Caribe.

"Mas o que faremos esta noite? Marty queria ir ao cinema, mas vamos descolar alguma coisa para fazer a cabeça. – Vamos até o Automat."

"Espera um pouco, preciso engraxar os sapatos em cima de algum hidrante."

"Você não quer dar uma espiada no espelho deformante?"

"Está a fim de tirar quatro fotos por 25 centavos? Afinal, estamos na cena eterna. Poderemos olhar as fotos e recordar disso tudo quando formos velhos e sábios Thoreaus de cabelos grisalhos em cabanas."

"Ah, já não há mais espelhos deformantes por aqui, antigamente tinha espelhos deformantes aqui."

"Que tal o cinema Laff?"

"Também já era."

"Tem o circo de pulgas."

"E ainda tem coristas?"

"O burlesco já acabou há milhões e milhões de anos."

"Vamos até o Automat ver aquelas velhotas comendo feijões, ou os surdos-mudos parados diante da janela enquanto você os observa e tenta decifrar a linguagem invisível à medida que ela voa pela janela, de face para face e de dedo para dedo...? Por que a Times Square parece uma imensa sala?"

Do outro lado da rua fica o Bickford's, bem no meio do quarteirão, sob a marquise do Apollo Theater e ao lado de uma livraria minúscula especializada em Havelock Ellis e Rabelais com milhares de maníacos sexuais remexendo nos caixotes. – O Bickford's é o maior palco da Times Square – muita gente tem perambulado por ali há anos, homens e meninos em busca sabe Deus de que, talvez de algum anjo da Times Square que transforme aquela grande sala em um lar, o velho lar doce lar – a civilização precisa disso. – Aliás, o que a Times Square está fazendo ali? O melhor mesmo é aproveitá-la. – A maior cidade que o mundo jamais viu. – Será que há uma Times Square em Marte? O que a Bolha Assassina faria em Times Square? Ou San Francisco?

Uma garota desce de um ônibus no Port Authority Terminal e entra no Bickford's, garota chinesa, sapatos vermelhos, senta para beber um chá, à espera do papai.

Há toda uma população flutuante em torno da Times Square que, dia e noite, faz sempre do Bickford's seu quartel-general. Nos velhos tempos da geração beat, alguns poetas costumavam ir até ali para encontrar o famoso personagem "Hunkey", que aparecia de vez em quando, com uma capa de chuva preta grande demais e uma cigarreira, à procura de alguém para vender uma cautela de objetos penhorados – máquina de escrever Remington, rádio portátil, capa de chuva preta – para descolar um trago, (conseguir uma grana) para poder ir para a parte alta da cidade arrumar confusão com os tiras ou com alguns de seus rapazes. Alguns gangsters imbecis da 8th Avenue também costumavam dar as caras por lá – talvez ainda o façam – os dos velhos tempos estão na cadeia ou no cemitério. Agora os poetas vão lá apenas para fumar um cachimbo da paz, à procura do fantasma de Hunkey ou de seus rapazes, e para sonhar diante de desbotadas xícaras de chá.

Os beatniks garantem que, se você fosse lá todas as noites e lá permanecesse, poderia iniciar por si mesmo uma temporada completa de Dostoiévski bem ali na Times Square, conhecer todos os colunistas fofoqueiros dos jornais da madrugada e seus casos, famílias e infortúnios – fanáticos religiosos que levariam você para casa e fariam longos sermões na mesa da cozinha sobre o "novo apocalipse" e ideias assemelhadas: "Meu ministro batista de Winston-Salem disse que Deus inventou a televisão para que, quando Cristo retornar à terra, eles O crucifiquem nas ruas dessa Babilônia daqui, e as câmeras de TV estejam apontadas para a cena, e então o sangue escorrerá pelas ruas, e todos os olhos hão de ver".

Se continuar com fome, vá até a Cafeteria Oriental – também um "restaurante favorito" – um pouco de vida noturna – barato – no subterrâneo bem em frente do monolítico terminal de ônibus de Port Authority na 40th Street, e coma enormes cabeças de carneiro gordurosas com arroz grego por noventa centavos. – Exóticas melodias orientais ondulantes na jukebox.

Dependendo do quão chapado você esteja agora – presumindo que tenha descolado algum lance em uma das esquinas – digamos na 42th Street com 8th Avenue, perto da imensa drogaria Whelan, outro antro solitário onde se pode encontrar algumas pessoas – prostitutas negras, damas de andar vacilante em psicose de benzedrina. – Do outro lado da rua se pode ver as já iniciadas ruínas de Nova York – o Globe Hotel sendo posto abaixo, um buraco como o de um dente caído em plena 44th Street – e o edifício verde da McGraw-Hill arranhando o céu, mais alto do que se possa imaginar – solitário, apontando em direção ao rio Hudson, onde os cargueiros esperam sob a chuva sua pedra calcária vinda de Montevidéu.

O melhor é ir para casa, está ficando tarde. – Ou: "Vamos ao Village ou ao Lower East Side ouvir Symphony Sid no rádio – ou tocar nossos discos indígenas – e comer enormes bifes porto-riquenhos mortos – ou guisado de mondongo – ver se Bruno andou cortando mais capotas de automóveis no Brooklyn – embora Bruno ande mais calmo agora, talvez tenha escrito um novo poema".

Ou ver televisão. Vida noturna – Oscar Levant falando da sua melancolia no programa de Jack Paar.

O Five Spot, na 5th Street com a Bowery, às vezes apresenta Thelonious Monk no piano e a rapaziada aparece por lá. Quem conhece o dono pode se sentar de graça em uma mesa com uma cerveja, quem não conhece pode entrar sorrateiramente e ficar próximo ao ventilador, escutando. Nos fins de semana está sempre lotado. Monk medita em abstração mortífera, *clonk*, faz uma declaração, o pé enorme batendo delicadamente no chão, cabeça virada para o lado, escutando, e então entra o piano.

Lester Young tocou lá pouco antes de morrer e entre um número e outro se sentava na cozinha, nos fundos. Meu amigo poeta Allen Ginsberg foi lá, se ajoelhou e perguntou o que ele faria caso uma bomba atômica caísse em Nova York. Lester respondeu que pelo menos quebraria a vitrine da Tiffany's e apanharia algumas joias. Também disse: "O que você está fazendo ajoelhado?", sem perceber que era um dos grandes heróis da geração beat, hoje consagrado. O Five Spot é mal-iluminado, tem garçons estranhos e boa música sempre, às vezes John "Train" Coltrane inunda a casa inteira com as notas ásperas de seu grande sax tenor. Nos fins de semana, grupos de gente elegante da parte alta da cidade lotam a casa e conversam sem parar – ninguém liga.

Oh, quem sabe umas duas horas no Egyptian Gardens do Lower West Side, em Chelsea, a zona dos restaurantes gregos. – Copos de ouzo, bebida grega e lindas garotas dançando a dança do ventre com sutiãs bordados com lantejoulas, a incomparável Zara ondulando na pista como um mistério ao ritmo das flautas e ao tilintar das notas gregas – quando não está dançando, Zara se senta na orquestra com olhos sonhadores, os homens batucando um tambor contra o ventre dela. – Vastas multidões do que parecem ser casais de subúrbio se sentam às mesas e acompanham com palmas o flutuante ritmo oriental. – Quem chega atrasado tem que ficar encostado à parede.

Quer dançar? Garden Bar, na 3rd Avenue, onde se pode praticar fantásticas danças bem agitadas na pequena saleta dos fundos ao som de uma *jukebox*, barato, o garçom nem liga.

Quer conversar apenas? Cedar Bar, na University Place, onde aparecem todos os pintores e onde um garoto de dezesseis anos passou uma tarde esguichando vinho tinto de um odre espanhol para dentro da boca dos amigos, errando sempre...

Os clubes noturnos do Greenwich Village conhecidos por Half Note, Village Vanguard, Café Bohemia e Village Gate também apresentam jazz (Lee Konitz, J. J. Johnson, Miles Davis), mas é preciso ter muita grana e não é só isso, é que a triste atmosfera comercial está matando o jazz, e o jazz *está* matando a si mesmo ali, porque o jazz pertence às cervejarias baratas, alegres e abertas a todos, como no início.

Há uma grande festa no loft de um pintor qualquer, um louco som flamengo na vitrola em alto volume, de repente as garotas se tornam todas quadris e calcanhares, e as pessoas tentam dançar entre seus cabelos esvoaçantes. – Homens perdem a cabeça e começam a se agarrar às pessoas, voam objetos pelos ares, uns sujeitos agarram outros pelos joelhos e os erguem a dois metros e meio do chão, se desequilibram, mas ninguém se machuca, blonk. – Garotas se equilibram com as mãos apoiadas nos joelhos dos homens, as saias delas caem, revelando rendinhas em suas coxas. – Por fim todo mundo se veste para voltar para casa, e o anfitrião observa, aturdido: "Vocês parecem todos tão *respeitáveis!*".

Ou alguém fez um lançamento, ou há leitura de poemas no Living Theater, ou no Gaslight Café, ou na Seven Arts Coffee Gallery, nas imediações da Times Square (9th

Avenue e 43rd Street, lugar extraordinário) (nas sextas-feiras começa à meia-noite), depois dali todo mundo corre de volta para o velho bar do agito. – Ou então uma festança na casa de Leroi Jones – ele tem um novo exemplar da *Yugen Magazine* impresso por ele mesmo em uma máquina caindo aos pedaços, e lá estão os poemas de toda a rapaziada, de San Francisco a Gloucester, Massachussetts, e custa apenas cinquenta centavos. – Editor histórico, hipster secreto da matéria. – Leroi está começando a ficar farto de festas, todos sempre arrancam a camisa, começam a dançar, três garotas sentimentais se grudam ao poeta Raymond Bremser, meu camarada Gregory Corso discute com um jornalista do *Post* de Nova York e diz: "Mas você não compreende o pranto Canguriano! Abandone sua profissão! Vá se refugiar nas ilhas Enchenedianas!".

Vamos cair fora daqui, é literário demais. – Vamos nos embebedar na Bowery ou comer aquele macarrão comprido com copos de chá no Hong Pat's em Chinatown. – Por que estamos sempre comendo? Vamos dar uma caminhada pela ponte do Brooklyn e abrir o apetite outra vez. – Que tal um pouco de quiabo na Sands Street?

Oh, fantasma de Hart Crane!

"VAMOS VER se encontramos Don Joseph!"

"Quem é Don Joseph?"

Don Joseph é um fantástico trompetista que perambula pelo Village, de bigodinho e braços caídos segurando o trompete, que se estala quando ele toca mansamente, ou melhor murmura, o melhor e mais suave dos trompetes desde Bix e mais. – Ele fica parado junto à *jukebox* do bar e acompanha a música em troca de cerveja. – Parece um galã de cinema. – É o incrível, secreto superglamourouso Bobby Hackett do mundo do jazz.

E tem aquele sujeito, Tony Fruscella, que senta de pernas cruzadas no tapete, toca Bach de ouvido no trompete, e mais tarde da noite toca com os rapazes em uma sessão de jazz moderno –

Ou George Jones, o oculto da Bowery, que toca um tenor maravilhoso nos parques ao nascer do dia com Charley Mariano, só de curtição, porque amam o jazz, e uma vez no cais, ao nascer do sol, tocaram uma sessão inteira enquanto um sujeito batia com um pedaço de pau na doca para marcar o ritmo.

Falando dos malucos da Bowery, que me dizem de Charley Mills, que percorre a rua com vadios que bebem suas garrafas de vinho cantando em uma escala de doze tons?

"Vamos ver os incríveis e estranhos pintores secretos da América e discutir com eles seus quadros e suas visões – Iris Brodie com sua delicada filigrana bizantina de virgens –"

"Ou Miles Frost e seu touro negro na caverna alaranjada."

"Ou Franz Klein e suas teias de aranha."

"Suas malditas teias de aranha!"

"Ou Willem de Kooning e seu Branco."

"Ou Robert De Niro."

"Ou Dody Muller e sua Anunciação em flores de 2,1 metros de altura."

"Ou Al Leslie e suas telas com cavaletes gigantescos."

"O gigante de Al Leslie está ressonando no edifício da Paramount."

Há um outro grande pintor chamado Bill Heine, é um pintor clandestino realmente secreto, que senta no meio de todos aqueles caras loucos dos cafés da East Tenth Street, que não se parecem em nada com cafés, mas sim com uma espécie de empório de roupas usadas dos porões da Henry Street, com a diferença de que sobre o umbral da porta se vê uma escultura africana ou talvez uma escultura de Mary Frank e lá dentro rodam Frescobaldi na vitrola.

AH, VAMOS VOLTAR PARA O VILLAGE e parar na esquina da Eighth Street com Sixth Avenue para ver os intelectuais passarem. – Repórteres da AP correndo para seus apartamentos de subsolo na Washington Square, colunistas femininas com grandes cães policiais quase rebentando a corrente, detetives solitários passando como sombras, desconhecidos peritos em Sherlock Holmes com unhas azuis a caminho de seus quartos para tomarem escopolamina, um jovem musculoso de terno alemão cinzento barato explicando algo grotesco para sua namorada gorda, grandes redatores educadamente recostados às bancas de jornal a postos para comprarem a primeira edição do *Times*, enormes empregados gordos de mudanças saídos de filmes de 1910 de Charlie Chaplin retornando para casa com imensos sacos transbordando de chop-suey (alimentam todo mundo), o melancólico arlequim de Picasso que agora é dono de uma loja de gravuras e molduras pensando na mulher e no filho recém-nascido e levantando um dedo para chamar um táxi, engenheiros de som balofos apressados com seus gorros de pele, gatas artistas da Columbia com seus problemas à D. H. Lawrence caçando homens de cinquenta anos, velhos no Kettle of Fish*, e o espectro melancólico da prisão feminina de Nova York que se ergue no horizonte envolta em silêncio como a própria noite – ao pôr do sol suas janelas parecem laranjas – o poeta e. e. cummings comprando um pacote de pastilhas para garganta à sombra daquela monstruosidade. – Se está chovendo, você pode ficar debaixo do toldo do Howard Johnson's e observar o outro lado da rua.

O *beatnik* Angel Peter Orlovsky no supermercado cinco portas adiante, comprando biscoitos Uneeda (tarde da noite, sexta-feira), sorvete, caviar, bacon, pretzels, refrigerantes, *TV Guide*, vaselina, três escovas de dentes, leite maltado (so-

---

* The Kettle of Fish Tavern: bar que existe em Nova York desde os anos 50, embora já tenha mudado de endereço várias vezes. Célebre por seus clientes músicos e roqueiros. (N.T.)

nhando com leitão assado recheado), comprando batatas de Idaho, pão de passas de uva, couve com lagartas por engano e tomates frescos e recolhendo selos vermelhos. – Depois vai para casa falido, joga tudo em cima da mesa, pega um enorme livro de poemas de Mayakovsky, liga o televisor de 1949 em um filme de terror e vai dormir.

E essa é a vida beat na noite de Nova York.

Sozinho no topo da montanha

DEPOIS DE TODO ESSE TIPO DE FARRA, e ainda mais, cheguei ao ponto em que precisava de solidão e de desligar a máquina de "pensar" e "curtir" o que chamam de "viver"; tudo o que eu queria era deitar na grama e olhar as nuvens.

Uma escritura antiga também diz: – "A sabedoria só pode ser obtida sob o ponto de vista da solidão".

E de qualquer maneira eu estava completamente farto de todos os navios, ferrovias e Times Squares de todos os tempos.

No Departamento de Agricultura dos Estados Unidos, me candidatei a um emprego como vigia de incêndios na Floresta Nacional de Mount Baker nas High Cascades do Grande Noroeste.

Me arrepiava só de olhar para essas palavras, pensando em pinheiros viçosos à beira de um lago matinal.

Zarpei para Seattle, a quase cinco mil quilômetros do calor e da poeira das cidades do Leste em junho.

QUEM ESTEVE EM SEATTLE e não curtiu o Alaskan Way, a antiga zona das docas, marcou bobeira – as lojas com totens à entrada, as águas do Puget Sound batendo nos velhos píeres, o aspecto escuro e lúgubre dos antigos armazéns e barracões do cais, e as mais antigas locomotivas da América arrastando vagões pela zona portuária dão uma ideia, sob aqueles céus radiantes e sem nuvens do Noroeste, do grande país que está por vir. Viajar de Seattle para o norte pela Rota 99 é uma experiência excitante porque subitamente surgem as Cascade Mountains se erguendo no horizonte do nordeste, verdadeira Komo Kulshan* sob neves inumeráveis. – Os grandes picos cobertos de alvura intocada, um universo de enormes rochedos retorcidos e amontoados e às vezes quase espiralados em formações fantásticas e inacreditáveis.

Tudo isso é visto muito acima dos campos sonhadores dos vales Stilaquamish e Skagit, planícies agricultuáveis de verde pacífico, com solo tão rico e tão escuro que os habitantes da região se gabam orgulhosamente que só fica atrás do Nilo em fertilidade. Em Milltown, Washington, o carro cruza a ponte do rio Skagit. – À esquerda – para o oeste e para o lado do mar – o Skagit corre para a baía de Skagit e mergulha no oceano Pacífico. – Em Burlington, você vira para a direita e segue direto para o coração das montanhas por uma estrada rústica dentro do vale cruzando cidadezinhas sonolentas e um ruidoso centro do mercado agrícola conhecido por Sedro-Woolley, com centenas de carros estacionados obliquamente em uma típica avenida principal de cidade do interior com lojas de ferragens, armazéns de sementes e rações e bazares baratos. – Embrenhando-se pelo vale cada vez mais fundo, surgem penhascos recobertos de mata ao lado da estrada, o rio se estreita e corre mais veloz, verde translúcido puro como o verde do oceano em um dia nublado, mas é a torrente sem sal da neve derretida das High Cascades – quase boa para se beber ao norte de Marblemount. – A estrada se torna cada vez mais sinuosa ao chegar a Concret, a última cidade do vale do Skagit, com um banco e um empório de artigos baratos – depois

* Komo Kulshan: nome dos nativos americanos para o monte Baker e personagem de uma lenda nativa. (N.T.)

disso as montanhas que se erguem em segredo por trás dos contrafortes ficam tão próximas que já não se pode vê-las, mas você começa a senti-las cada vez mais.

Em Marblemount o rio é uma torrente veloz, obra das montanhas tranquilas. – Troncos caídos ao lado da água proporcionam lugares perfeitos para sentar e desfrutar uma região fluvial encantadora, as folhas farfalhando ao vento límpido do noroeste parecem se rejubilar, as árvores mais altas dos cumes arborizados dos arredores, varridas e turvadas pelas nuvens passageiras mais baixas, parecem satisfeitas. – As nuvens tomam a forma de rostos de eremitas ou freiras, ou às vezes lembram cães tristes partindo apressados nas asas do horizonte. – Galhos submersos se debatem e gorgolejam na pesada magnificência do rio. Toras passam impetuosas a trinta quilômetros por hora. O ar cheira a pinheiro, serragem, tanino, lodo e gravetos – pássaros zunem como flechas sobre a água à procura de peixes escondidos.

Ao rumar para o norte através da ponte em Marblemount e em direção a Newhalem, a estrada se torna estreita e sinuosa até que finalmente o Skagit aparece se derramando sobre rochas a espumar, e pequenos regatos se despencam das encostas íngremes e o engrossam. – As montanhas se elevam por todos os lados, apenas seus ombros e flancos são visíveis, as cabeças nevadas estão fora da vista.

Em Newhalem a construção de uma estrada ergue uma nuvem de poeira acima das barracas, dos trabalhadores e do equipamento, a represa de lá é a primeira de uma série que compõe o sistema de Skagit, que fornece toda a energia de Seattle.

A estrada termina em Diablo, povoado tranquilo montado por uma empresa, com chalés e gramados verdes bem-cuidados, cercado por picos muito próximos com os nomes de Pyramid, Colonial e Davis. – Ali, um enorme elevador conduz a uma altura de trezentos metros, ao nível do lago Diablo e da represa Diablo. – Acima da represa, a água jorra em um jato no qual uma tora extraviada seria arremessada como um palito de dente em um arco de trezentos metros. Aqui finalmente a altitude é suficiente para se começar a ver as Cascades. Reflexos ofuscantes ao norte indicam o lugar onde o lago Ross retrocede até ao Canadá, abrindo um visual impressionante da Floresta Nacional de Mount Baker tão espetacular como qualquer vista das Rochosas do Colorado.

O barco da empresa de energia elétrica da cidade de Seattle parte regularmente de um pequeno cais próximo da represa Diablo e segue para o norte, por entre as íngremes encostas rochosas arborizadas em direção à represa Ross, mais ou menos a meia hora de viagem. Os passageiros são empregados da companhia, caçadores, pescadores e trabalhadores florestais. Abaixo da represa Ross começa a caminhada – é preciso subir uns trezentos metros por uma trilha rochosa até o nível da represa. Aqui o vasto lago se escancara, revelando as balsas de pequenas estâncias de recreação que oferecem quartos e barcos para turistas, e logo a seguir as balsas do Serviço Florestal dos Estados Unidos. Daqui em diante, se você tem a sorte de ser um sujeito rico ou um vigilante de incêndios florestais, penetra na área de preservação ambiental da North Cascade no lombo de cavalos e mulas e pode passar um verão completamente sozinho.

EU ERA VIGILANTE DE INCÊNDIOS e depois de duas noites tentando dormir com o barulho e os balanços das balsas do Serviço Florestal, vieram me buscar em uma manhã chuvosa – um rebocador potente arrastando uma imensa balsa-curral ocupada por quatro mulas e três cavalos, com meus gêneros alimentícios, forragens, baterias e equipamento. – O condutor das mulas se chamava Andy e usava o mesmo velho e desabado chapéu de caubói que tinha usado no Wyoming há vinte anos. “Bem, garoto, agora vamos te levar para onde não poderemos te resgatar – é melhor que você se prepare.”

"É exatamente isso que eu quero, Andy, ficar sozinho três meses inteirinhos, sem ninguém para encher meu saco."

"Você diz isso agora, mas mudará de tom depois de uma semana."

Não acreditei nele. – Eu estava em busca de uma experiência que os homens raramente obtêm nesse mundo moderno: solidão completa e tranquila em meio a um ambiente selvagem, dia e noite, sessenta e três dias e noites para ser exato. Não fazíamos a menor ideia da quantidade de neve que tinha caído na minha montanha durante o inverno, e Andy disse: "Se não nevou muito, você vai ter que caminhar três quilômetros naquela trilha terrível, com dois baldes, todos os dias, ou dia sim dia não. Não te invejo, garoto – eu já estive lá. Um dia está quente, com milhares de insetos, e você quase que assa, e no dia seguinte você é atingido por uma nevascazinha de verão que vem do Hozomeen, que fica bem ali pertinho do Canadá, no seu quintal, e você não consegue colocar lenha no fogão rápido o bastante." – Mas eu tinha uma mochila cheia de pulôveres de gola alta e camisas e calças quentes e meias compridas de lã compradas na zona portuária de Seattle, e luvas e um gorro com cobertor de orelha, e montes de sopas instantâneas e café na minha lista de provisões.

"Devia ter trazido uma garrafa de conhaque, garoto", disse Andy, abanando a cabeça, enquanto o rebocador puxava nossa balsa-curral lago Ross acima, através da comporta de toras e para a esquerda, em direção ao canto norte, sob um imenso manto de chuva das montanhas Sourdough e Ruby.

"Onde fica o Desolation Peak [Pico da Desolação]?", perguntei, referindo-me à minha própria montanha *(Uma montanha para se guardar para sempre,* eu sonhei toda a primavera). (Oh viajante solitário!)

"Hoje você não vai ver o pico a não ser quando estivermos praticamente no cume, e então você já estará tão encharcado que não se interessará mais."

O guarda-florestal auxiliar Marty Gohlke, do posto da Guarda-Florestal de Marblemount, também estava conosco e me dava dicas e instruções. Ninguém parecia cobiçar o Desolation Peak a não ser eu. Depois de duas horas enfrentando ondas tempestuosas do longo lago fustigado pela chuva, com soturnas florestas nebulosas se erguendo íngremes em ambas as margens e as mulas e cavalos com o focinho metido nos sacos de ração e suportando pacientemente a chuvarada, chegamos ao sopé da trilha do Desolation, e o homem do rebocador (que nos proporcionou um bom café quente na cabine do piloto) manobrou de maneira a encostar a balsa de lado em uma ladeira lamacenta e íngreme, repleta de arbustos e árvores caídas. – O condutor deu uma palmada na primeira mula, que saltou para frente com o fardo duplo de baterias e enlatados, apoiou as patas dianteiras na lama, escorregou, deslizou, quase caiu no lago e finalmente deu uma arrancada mais forte, partiu deslizando e desapareceu no nevoeiro para esperar as outras mulas e o dono na trilha. – Desembarcamos todos, desamarramos a balsa, acenamos para o cara do rebocador, montamos nos cavalos e começamos a jornada, uma turma triste pingando sob a chuva forte.

De início a trilha, subindo sempre escarpada, estava tão densamente tomada pelo mato que levávamos uma ducha atrás da outra na cabeça e nos joelhos. – A trilha também estava cheia de pedras redondas que faziam os animais escorregar. – Em determinado ponto, uma enorme árvore caída nos impediu de ir adiante até que o velho Andy e Marty avançassem com machados e abrissem um pequeno atalho contornando a árvore, suando, praguejando e cortando, enquanto eu cuidava dos animais. – Eles terminaram logo, mas as mulas ficaram receosas por causa da inclinação irregular do atalho e tiveram que ser tocadas a pau. – Em seguida a trilha atingiu prados alpinos salpicados de tremoceiros azuis na névoa espessa e minúsculas papoulas vermelhas, botõezinhos de flor tão delicados quanto os desenhos de uma pequena xícara de chá japonesa. – Agora a trilha ziguezagueava em curvas amplas prado acima. – Em breve vimos o vasto cume nublado de um penhasco rochoso mais acima, e Andy gritou: "Quando chegarmos lá vai faltar pouco, mas até lá ainda são mais seiscentos metros, embora pareça que é só esticar o braço e tocá-lo!".

Desembrulhei meu poncho de náilon e o enrolei na cabeça, e secando um pouco, ou melhor, deixando de pingar, segui a pé ao lado do cavalo para aquecer o sangue e comecei a me sentir melhor. Mas os outros rapazes continuaram cavalgando na chuva, cabisbaixos. Quanto à altitude, tudo o que posso falar é sobre alguns pontos assustadores ocasionais da trilha onde podíamos olhar para baixo e vislumbrar as copas distantes das árvores.

O prado alpino atingiu a linha da floresta e subitamente uma grande ventania arrojou rajadas de granizo contra nós. – "Estamos nos aproximando do topo agora!", gritou Andy – e de repente surgiu neve na trilha, os cavalos começaram a patinar em uma pasta de lama e neve derretida de trinta centímetros de espessura, e à esquerda e à direita era tudo um branco ofuscante sob o nevoeiro cinzento. – "Estamos agora a uns 1.700 metros de altitude", disse Andy, enrolando um cigarro enquanto cavalgava na chuva.

Descemos, depois subimos mais um pouco, descemos outra vez, uma nova subida lenta e gradual, e então Andy gritou: "Lá está ela!", e acima, na penumbra do cume da montanha, vi um pequeno barraco de telhado pontiagudo, isolado no topo do mundo, e engoli em seco amedrontado:

"Aquilo é a minha casa durante todo o verão? E o verão é *isso!*"

O interior do barraco era mais miserável ainda, úmido e sujo, com restos de comida e revistas estraçalhadas pelos ratos e ratazanas, o chão enlameado e as janelas impenetráveis. – Mas o velho e duro Andy, que durante toda sua vida tinha passado por situações desse tipo, fez um fogo crepitante no fogão bojudo e me mandou aquecer uma chaleira de água com quase meia lata de café dentro, dizendo: "Café não presta a não ser que seja *forte!*", pouco depois o café ferveu com uma espuma castanha agradável e aromática, pegamos nossas canecas e bebemos tudo.

Nesse meio tempo, subi no telhado com Marty, tirei o balde da chaminé, coloquei a vara do tempo com o anemômetro e fiz mais algumas arrumações – quando voltamos para dentro, Andy fritava presunto com ovos em uma grande frigideira e tínhamos quase uma festa. – Lá fora, os animais ruminavam pacientemente com os sacos de ração enfiados no focinho, satisfeitos por descansarem junto a uma velha cerca do curral, feita de troncos por algum vigilante do Desolation dos anos 30.

A escuridão baixou, incompreensível.

Na manhã cinzenta, depois de eles terem dormido no chão em seus sacos de dormir e eu no único catre, dentro de meu saco, como uma múmia, Andy e Marty partiram, rindo e dizendo: "Bem, o que você está achando agora, hein? Estamos aqui há doze horas, e você ainda não conseguiu ver além de três metros!".

"Meu Deus, é verdade, como é que farei para localizar incêndios?"

"Não se preocupe, rapaz, estas nuvens se dissiparão, e você terá uma visão de cento e tantos quilômetros em todas as direções."

Não acreditei e fiquei arrasado, e passei o dia tentando limpar o barraco ou dando vinte cuidadosos passos em cada direção no meu "pátio" (cujas extremidades pareciam ser quedas livres em precipícios silenciosos) e fui cedo para a cama. – Mais ou menos na hora de dormir vi minha primeira estrela, rapidamente, e então nuvens gigantescas e fantasmagóricas se acumularam em torno de mim, e a estrela sumiu. – Mas nesse instante tive a sensação de ver um quilômetro e meio dentro do bojo do lago cinza-escuro lá embaixo, onde Andy e Marty estavam outra vez no barco do Serviço Florestal, que os pegou ao meio-dia.

No meio da noite acordei bruscamente com os cabelos em pé – vi uma enorme sombra negra na minha janela. – Depois vi que havia uma estrela acima dela e percebi que se tratava do monte Hozomeen (2.425 metros) espiando pela minha janela a quilômetros de distância, lá perto do Canadá. – Levantei do catre soturno com os ratos a roer embaixo dele, saí e fiquei pasmo ao ver vultos negros de montanhas se agigantando ao redor, e não apenas isso, mas também a cortina ondulante das luzes do norte se movendo por trás das nuvens. – Foi um pouco demais para um garoto urbano – o medo de que o Abominável Homem das Neves pudesse estar respirando às minhas costas, no escuro, me fez voltar para a cama e enterrar a cabeça dentro do saco de dormir. –

Mas pela manhã – domingo, 6 de julho – fiquei surpreso e eufórico ao ver o céu azul límpido e ensolarado e lá embaixo, como um mar de neve radiante e pura, as nuvens dispostas como uma cobertura de marshmallow sobre o mundo todo e o lago inteiro, enquanto eu permanecia sob o sol cálido, em meio a centenas de quilômetros de picos alvos de neve. – Fiz café, cantei e bebi uma xícara no sonolento e tépido degrau da porta.

Ao meio-dia as nuvens se dissiparam e o lago surgiu lá embaixo, inacreditavelmente belo, uma piscina de perfeito azul com quarenta quilômetros de comprimento ou mais, e os córregos como córregos de brinquedo, e a mata verde e viçosa por toda a parte, e até os alegres rastros líquidos dos barcos de pesca dos veranistas que riscavam o lago e as lagunas. – Uma tarde ensolarada perfeita, e atrás do barraco descobri um campo de neve suficientemente grande para me fornecer baldes de água fresca até fins de setembro.

Meu trabalho era localizar incêndios. Certa noite, uma terrível tempestade de raios fustigou toda a Floresta Nacional de Mount Baker sem que caísse uma gota de chuva. – Quando vi aquela ominosa nuvem negra relampejando furiosamente na minha direção, desliguei o rádio, estendi a antena no chão e esperei pelo pior. – Hiss! hiss!, dizia o vento, trazendo a poeira e os raios cada vez mais perto. – Tique!, respondeu o para-raios, captando uma descarga de eletricidade de um relâmpago perto do pico Skagit. – Hiss! Tique! Em minha cama, senti a terra tremer. – Vinte e cinco quilômetros ao sul, a leste do pico Ruby, em algum lugar nas proximidades de Panther Creek [Riacho da Pantera], um grande incêndio se alastrou, uma enorme mancha cor de laranja. – Às dez horas, outro raio caiu ali e as chamas se ergueram perigosamente.

Eu devia registrar a área geral da queda dos raios. – À meia-noite já estava há tanto tempo observando atentamente pela janela escura que comecei a ter alucinações e ver incêndios por toda a parte, três deles ali mesmo em Lightning Creek [Riacho do Relâmpago], fantasmas fosforescentes de fogo verticais alaranjados que pareciam ir e vir.

Pela manhã, em 117º 16', onde eu havia visto o grande incêndio, havia uma estranha mancha marrom na rocha nevada mostrando onde o fogo se tinha se alastrado e crepitado sob a chuva que caiu durante toda a noite depois dos relâmpagos. Mas o resultado dessa tempestade foi desastroso a 25 quilômetros de distância, em McAllister Creek, onde um imenso braseiro sobreviveu à chuva e na tarde seguinte explodiu em uma nuvem que se via de Seattle. Fiquei com pena dos caras que tinham que combater aqueles incêndios, os bombeiros que saltavam de paraquedas dos aviões e as equipes de terra que avançavam pelas trilhas a pé, galgando e escalando rochas escorregadias e encostas de rochas soltas, chegando suados e exaustos apenas para enfrentar uma parede de calor tão logo a alcançassem. Como vigia, era a maior moleza, eu tinha apenas que me concentrar em informar a localização exata (encontrada por meio de instrumentos de precisão) de todos os focos de incêndio que detectasse.

Na maioria dos dias, porém, era a rotina que me mantinha ocupado. – Todas as manhãs, mais ou menos às sete, eu fervia uma chaleira de café sobre um punhado de gravetos, saía para o pátio alpino com uma xícara de café presa pelo polegar e, sossegadamente, conferia a velocidade e a direção do vento, a temperatura e a umidade – então, depois de cortar lenha, comunicava por rádio os resultados da leitura ao posto de Sourdough. – Por volta das dez da manhã, eu geralmente ficava a fim do café da manhã, fazia panquecas deliciosas e as comia na minha mesinha, enfeitada por ramos de tremoceiro das montanhas e brotos de abetos.

O início da tarde era geralmente a hora da minha grande curtição diária: pudim instantâneo de chocolate e café quente. – Por volta das duas ou três horas, me deitava de costas na grama e observava as nuvens a passar, ou colhia amoras silvestres e comia ali mesmo. O volume do rádio era alto o bastante para que eu escutasse qualquer chamada para Desolation.

Ao pôr do sol, eu improvisava meu jantar abrindo latas de batata-doce, presunto e feijão ou então apenas sopa de feijão que comia com broas de milho assadas na chapa de alumínio em cima do fogão a lenha. – Depois saía, ia até a escarpa coberta de neve e recolhia dois baldes para a tina de água e catava um punhado de lenha caída da colina como a proverbial velhinha do Japão. Colocava panelas com restos de comida para os coelhos e esquilos embaixo do barraco e no meio da noite os escutava andar por lá. Ratos desciam do sótão e também comiam um pouco.

Às vezes eu gritava perguntas às rochas e às árvores e através dos desfiladeiros, ou cantava como um tirolês. – "O que significa o vazio?" A resposta era o silêncio perfeito, e então eu entendia.

Antes de deitar, lia à luz do candeeiro de querosene todo e qualquer livro que encontrasse no barraco. – É surpreendente como as pessoas isoladas ficam famintas por livros.

– Depois de ler detidamente todas as palavras de um volume de medicina e as versões resumidas de peças de Shakespeare feitas por Charles e Mary Lamb, subi para o pequeno sótão e juntei velhos livros de bolso de caubóis e revistas que os ratos tinham destroçado – também joguei pôquer com três jogadores imaginários.

Pouco antes de deitar, aquecia uma xícara de leite com uma colher de mel quase até ferver, e esse era o meu trago para a hora de deitar, depois me enroscava no meu saco de dormir.

Nenhum homem deveria passar pela vida sem experimentar pelo menos uma vez a saudável e até aborrecida solidão em um lugar selvagem, dependendo exclusivamente de si mesmo e, com isso, aprendendo a descobrir sua verdadeira força oculta. – Aprendendo, por exemplo, a comer quando tem fome e a dormir quando tem sono.

A hora de deitar era também meu momento de cantar. Caminhava para cima e para baixo na trilha já muito percorrida na penumbra da minha rocha cantando a plenos pulmões todas as músicas de que conseguia me lembrar, sem ninguém para ouvir, exceto o cervo e o urso.

No entardecer rubro, as montanhas eram sinfonias de neve rosada – Jack Mountain [Montanha do Jack], Three Fools Peak [Pico dos Três Tolos], Freezeout Peak [Pico do Congelamento], Golden Horn [Chifre Dourado], Mt. Terror [Monte do Terror], Mt. Fury [Monte da Fúria], Mt. Despair [Monte do Desespero], Crooked Thumb Peak [Pico do Polegar Torto], Mt. Challenger [Monte Desafiador] e o incomparável Mt. Baker [Monte Baker], maior do que o mundo, ao longe – e meu pequeno Jackass Ridge [Morro do Burro], um complemento de Desolation Ridge [Morro da Desolação]. – Neve cor-de-rosa, e nuvens distantes e franzidas como antigas cidades remotas do esplendor da terra do Buda, e o vento trabalhando incessantemente – fiuuu, fiuuu – ressoando, às vezes chacoalhando meu barraco.

Para o jantar eu fazia chop-suey, assava alguns biscoitos e punha os restos em uma panela para os veados que vinham na noite enluarada e mordiscavam como grandes e estranhas vacas da paz – um macho de guampas compridas, fêmeas e filhotes também – enquanto eu meditava na erva alpina fitando o lago mágico com alamedas de luar. – Eu podia ver abetos refletidos no lago enluarado 1.500 metros abaixo, de cabeça para baixo, apontando para o infinito. –

E todos os insetos silenciavam em homenagem à lua.

Vi 63 poentes refletidos naquele monte perpendicular – poentes loucos e fogosos despejando-se como espuma do mar de nuvens através de penhascos inimagináveis, como os penhascos cinzentos que se costuma desenhar quando criança, com todos os tons róseos da esperança ao longe, fazendo com que você se sinta exatamente como eles, brilhante e soturno muito além das palavras.

Manhãs frias com nuvens encapeladas desprendendo-se de Lightning Gorge [Desfiladeiro do Relâmpago] como fumaça de um incêndio gigantesco, mas o lago celeste como sempre.

Agosto chega com rajadas que sacodem a casa e auguram pouca agosticidade – depois aquela sensação de ar nevado e fumaça de lenha –, então a neve chega varrendo o caminho desde o Canadá, o vento aumenta, e nuvens escuras e baixas se precipitam como se saíssem de uma forja. De repente, um arco-íris verde-rosa surge bem no cume, com nuvens vaporosas ao redor e um sol cor de laranja tremeluzente...

O que é um arco-íris,
Senhor? – um arco
Para os humildes

...e você sai, e de repente sua sombra é silhuetada pelo arco-íris enquanto você caminha pelo topo do morro, um mistério encantador aureolado que lhe dá vontade de rezar.

Uma folha de grama farfalhando nos ventos do infinito, presa a uma rocha, e nenhuma resposta para sua pobre carne branda.

Sua lamparina a óleo ardendo no infinito.

CERTA MANHÃ encontrei bosta de urso e rastros onde o monstro apanhara uma lata de leite congelado e a esmagara entre as patas e mordera com os dentes afiados tentando extrair a pasta. – Na aurora envolta pela neblina olhei para o misterioso Ridge of Starvation [Morro da Inanição] lá embaixo, com seus abetos perdidos no nevoeiro e colinas enrugadas na invisibilidade, o vento soprando a névoa como uma nevasca sufocante, e percebi que em algum lugar sob a névoa o urso se aproximava sorrateiro.

E me pareceu, enquanto permanecia ali sentado, que aquele era o Urso Primordial, e que ele dominava todo o Noroeste e todas as neves e era o senhor de todas as montanhas. – Era o Rei Urso, que poderia esmagar minha cabeça com suas patas e quebrar minha espinha como um graveto, e aquele era seu lar, seu quintal, seus domínios. – Embora eu vigiasse todo o dia, ele não se mostrava no mistério daquelas silenciosas escarpas nebulosas – ele rondava à noite entre lagos desconhecidos, e no raiar do dia a pura luz perolada que toldava as encostas de abetos o fazia pestanejar reverentemente. – Tinha atrás de si milênios de perambulações, tinha assistido aos índios e aos casacos vermelhos chegarem e partirem, e veria muito mais. – Escutava constantemente a investida tranquilizante e arrebatadora do silêncio, exceto perto dos regatos, estava consciente da tênue substância da qual o mundo é constituído, embora jamais discursasse, nem se comunicasse por sinais, nem desperdiçasse o fôlego se queixando – simplesmente satisfazia seu apetite, distribuía patadas e avançava pesadamente sobre troncos caídos, sem ligar para elementos animados ou inanimados. – Sua grande boca mastigava à noite, eu podia ouvir através da montanha sob a luz das estrelas. – Em breve ele sairia do nevoeiro, enorme, e viria perscrutar minha janela com imensos olhos faiscantes. – Era Avalokitesvara, o Urso, e seu sinal era o vento cinzento de outono.

Eu estava à espera dele. Ele nunca apareceu.

FINALMENTE AS CHUVAS DE OUTONO, noites inteiras de chuvas torrenciais sopradas pelo vento enquanto eu deitava aquecido como uma torrada dentro do meu saco de dormir, e claros dias outonais gélidos e turbulentos, com vento forte, nevoeiros céleres, nuvens velozes, brilho de sol súbito, luz pristina em retalhos da montanha, e meu fogo crepitando enquanto eu exulto e canto a toda voz. – Do lado de fora da minha janela um esquilo varrido pelo vento está sentado nas patas traseiras sobre uma rocha, mãos unidas, mordisca uma espiga de aveia que segura entre as patas – pequeno senhor de tudo o que inspeciona.

Pensando nas estrelas noite após noite começo a perceber que "As estrelas são palavras" e todos os incontáveis mundos da Via Láctea são palavras, e esse mundo também o é. E percebo que não importa onde eu esteja, seja em um quartinho repleto de ideias ou nesse universo infinito de estrelas e montanhas, tudo está na minha mente. Não há necessidade de solidão. Por isso, ame a vida pelo que ela é e não forme ideias preconcebidas de espécie alguma em sua mente.

QUE ESTRANHOS E DOCES PENSAMENTOS brotam nas solidões montanhosas! – Certa noite percebi que, quando tratamos as pessoas com compreensão e estímulo, uma expressão de humildade estranha e infantil lhes perspassa os olhos envergonhados, não importa o que estivessem fazendo, não estavam certas de que fosse correto – cordeirinhos espalhados por toda a face desta terra.

Visto que, ao compreender que Deus é Tudo, você percebe que deve amar tudo por pior que seja, em última análise nada é bom nem mau (pense na poeira), é apenas *o que é*, ou seja, o que se faz parecer. – Uma espécie de drama para ensinar algo a alguma coisa, alguma "substância menosprezada do mais divino dos shows".

E percebi que não era necessário me esconder na desolação e que podia aceitar a sociedade para o que desse e viesse, como uma esposa – vi que, se não fosse pelos seis sentidos, visão, audição, olfato, tato, paladar e pensamento, a individualidade disso tudo, que é não existente, simplesmente não haveria nenhum fenômeno para apreender, na verdade não haveria seis sentidos nem individualidade. – O medo da extinção é muito pior do que a própria extinção (a morte). – Perseguir a extinção no velho sentido nirvânico do budismo é em última análise uma bobagem, como os mortos indicam no silêncio de seu sono bem-aventurado na Mãe Terra que, de qualquer maneira, é um Anjo suspenso no Céu.

Eu simplesmente me deitava nos campos da montanha ao luar, com a cabeça na grama, e ouvia o reconhecimento silencioso das minhas angústias passageiras. – Sim, desse modo, tentar *atingir* o Nirvana quando você já está nele, atingir o topo de uma montanha quando já está lá e tem apenas que permanecer – assim, *permanecer* na bem-aventurança nirvânica é tudo o que tenho a fazer, que você tem a fazer, sem esforço, sem caminho realmente, sem disciplina, mas apenas saber que tudo é vazio e desperto, uma Visão e um Filme na Mente Universal de Deus *(Alaya-Vijnana)* e permanecer mais ou menos sabiamente em meio a isso. – Porque o silêncio em si é o som dos diamantes que podem cortar tudo, o som da Vacuidade Sagrada, o som da extinção e da bem-aventurança, esse silêncio de cemitério que é como o silêncio do sorriso de um bebê, o som da eternidade, da beatitude na qual certamente é preciso acreditar, o som de jamais-houve-nada-senão-Deus (que em breve eu ouviria em uma ruidosa tempestade no Atlântico). – O que existe é Deus em Sua Emanação, o que não existe é Deus na Sua serena Neutralidade, o que nem existe nem não existe é a divina e imortal aurora primordial do Céu Pai (este mundo neste exato instante). – Por isso eu disse: – "Permaneça nisso, aqui não existem dimensões para quaisquer das montanhas ou mosquitos ou vias lácteas inteiras de mundos".

Porque sensação é vazio, envelhecimento é vazio. – Tudo é apenas a Dourada Eternidade da Mente de Deus; por isso pratique a bondade e a compreensão, lembre que os homens *não são responsáveis por si mesmos*, por sua ignorância e maldade, se deve ter pena deles, Deus se compadece porque o que há para dizer a respeito de qualquer coisa visto que tudo é apenas o que é, livre de interpretações? – Deus não é "aquele que alcança", ele é o "viajante" naquilo em que tudo é, o "que subsiste" – uma lagarta, mil cabelos de Deus. – Portanto, saiba sempre que isto é apenas você, Deus, vazio, desperto e eternamente livre como os incontáveis átomos da vacuidade em todos os lugares.

Decidi que, quando retornasse ao mundo lá embaixo, tentaria manter minha mente límpida em meio às obscuras ideias humanas que fumegam como fábricas no horizonte através do qual eu caminharia, em frente...

Em setembro, quando desci, um gélido aspecto dourado surgira na floresta como um augúrio de frios repentinos, geadas e eventuais nevascas uivantes que cobririam meu barraco por completo a não ser que aqueles ventos do topo do mundo a conservassem intacta. Quando cheguei à curva da trilha onde meu barraco desapareceria e eu desceria até o lago para encontrar o barco que me levaria dali para casa, me virei e abençoei o Desolation Peak [Pico da Desolação] e o pequeno pagode no cume e agradeci a eles pelo abrigo e pela lição que me ensinaram.

O vagabundo americano em extinção

O VAGABUNDO AMERICANO TEM ENFRENTADO UMA BARRA PESADA para vagabundear atualmente devido ao aumento da vigilância policial nas autoestradas, entroncamentos ferroviários, praias, margens de rios, aterros e os mil-e-um esconderijos escusos da noite industrial. – Na Califórnia, o rato de mochila, o tipo original de antigamente, que segue perambulando de cidade em cidade com as provisões e a cama às costas, o "Irmão sem Lar", praticamente desapareceu, junto com o antigo rato garimpeiro do deserto, que costumava cruzar com o coração esperançoso laboriosas cidades do Oeste, que agora são tão prósperas que já não desejam velhos vagabundos. – "Os homens não querem saber de ratos mochileiros por aqui, mesmo que eles tenham fundado a Califórnia", disse um velho com sua lata de feijões escondido ao pé de uma fogueira indígena na margem de um rio nas imediações de Riverside, Califórnia, em 1955. – Imensos, sinistros camburões policiais pagos pelos contribuintes (modelo 1960, com holofotes antipáticos) estão a postos para se lançar a qualquer instante sobre o vagabundo no seu trote idealista rumo à liberdade e às colinas do silêncio sagrado e da santa privacidade. – Não há nada mais nobre do que aturar algumas inconveniências como cobras e poeira por amor à liberdade absoluta.

Eu próprio fui um vagabundo, mas só até certo ponto, como se vê, porque sabia que algum dia meus esforços literários seriam recompensados com a proteção social – não fui um vagabundo autêntico, sem esperanças, exceto aquela eterna esperança secreta que se adquire dormindo em vagões vazios que atravessam o vale de Salinas sob o sol quente de janeiro cheio de Dourada Eternidade em direção a San Jose, onde velhos rapazes de aspecto maldoso olham para você com lábios franzidos e oferecem algo para comer ou beber – lá na beira dos trilhos ou nas margens do riacho de Guadalupe.

O sonho original do vagabundo nunca foi definido melhor do que nesse adorável poeminha citado por Dwight Goddard em sua *Bíblia budista:*

Oh, por esse raro acontecimento
Eu alegremente daria dez mil peças de ouro!
Um chapéu na cabeça, uma trouxa às costas,
E minha companhia, a brisa refrescante e a lua cheia.

Na América houve sempre (você há de notar o peculiar tom whitmanesco desse poema, provavelmente escrito pelo velho Goddard) uma ideia especial e definida da liberdade que significa andar a pé e que remonta aos tempos de Jim Bridger e Johnny Appleseed e ainda hoje é mantida por um grupo em extinção de veteranos rijos que às vezes ainda podem ser vistos em alguma autoestrada deserta à espera de uma breve jornada de ônibus até a cidade para esmolar (ou trabalhar) e forrar a barriga, ou perambulando pelo Leste do país, abordando o Exército da Salvação e se deslocando de cidade em cidade, de estado em estado, em direção à eventual sina dos becos periféricos das grandes cidades quando seus pés entregam os pontos. – No entanto, não faz muito tempo que vi na Califórnia (profundamente encravado no desfiladeiro, ao lado dos trilhos de trem na periferia de San Jose, soterrado em folhas de eucalipto e no abençoado esquecimento das trepadeiras) um grupo de casebres de papelão e material barato ao entardecer, e diante de cada um estava sentado um velho fumando seu tabaco Granger de quinze centavos em seu cachimbo de sabugo de milho (as montanhas do Japão estão repletas de abrigos gratuitos e velhos tagarelando entre copos de bebidas feitas de raízes à espera da Iluminação Suprema, que só pode ser obtida através da completa solidão ocasional).

Na América, acampar é considerado um esporte saudável para escoteiros, mas é crime para homens maduros que fizeram disso sua vocação. – A pobreza é tida como virtude entre os monges das nações civilizadas – na América você passa a noite no xadrez se for pego desprevenido, sem seus trocados para vagabundear (da última vez que ouvi falar nisso eram quinze centavos, parceiro – quanto é agora?).

No tempo de Brueghel, as crianças dançavam ao redor do vagabundo, ele vestia roupas imensas e rotas e olhava sempre em frente, indiferente às crianças, e as famílias não se importavam que as crianças brincassem com o vagabundo, era algo normal. – Mas hoje as mães abraçam os filhos com força quando um vagabundo cruza a cidade por causa daquilo em que os jornais o transformaram – o estuprador, o estrangulador, o comedor de criancinhas. – Fique longe de desconhecidos, eles lhe darão doces envenenados. Embora o vagabundo de Brueghel e o vagabundo de hoje sejam o mesmo, as crianças são diferentes. – Onde se meteu o vagabundo chaplinesco? O antigo vagabundo da *Divina comédia?* O vagabundo é Virgílio, ele foi o precursor. – O vagabundo penetra no mundo infantil (como no famoso quadro de Brueghel onde um enorme vagabundo cruza solenemente pela vila de tina de lavar roupa e os cães latem e as crianças riem, St. Pied Piper), mas o mundo hoje é adulto, não é mais um mundo infantil. – O vagabundo hoje é forçado a agir furtivamente – todos ficam assistindo aos heróis policiais na TV.

Benjamin Franklin era uma espécie de vagabundo na Pensilvânia; cruzou a Filadélfia com três pãezinhos debaixo do braço e meio penny no chapéu. – John Muir era um vagabundo que partia em direção às montanhas com o bolso cheio de pedaços de pão seco, que molhava nos regatos.

Será que Whitman aterrorizava as crianças da Louisiana quando percorria a estrada aberta?

E o Vagabundo Negro? Contrabandista de bebidas? Ladrão de galinhas? Remus? O vagabundo negro do Sul é o último dos vagabundos de Brueghel, as crianças lhe rendem homenagem e o encaram cheias de admiração, e permanecem caladas. É possível vê-lo surgir de entre os pinheiros com seu velho saco indescritível. Será que carrega guaxinins? Carrega Br'er Rabbit?* Ninguém sabe o que ele carrega.

Forty Niner, o fantasma das planícies, o velho Zacatecan Jack, o Santo Caminhante, o explorador, os espíritos e fantasmas da vagabundagem desapareceram – mas eles (os exploradores) queriam encher de ouro seus sacos indescritíveis. – Teddy Roosevelt, vagabundo político – Vachel Lindsay, vagabundo menestrel, vagabundo maltrapilho – quantas tortas por um dos poemas *dele?* O vagabundo vive em uma Disneylândia, na terra de Pete-o-Vagabundo, onde tudo são leões humanos, homens de lata, cães lunares com dentes de borracha, trilhas cor de laranja e púrpura, castelos de esmeralda se erguendo ao longe sob a bruma, gentis filósofos de bruxas. – Nenhuma bruxa jamais cozinhou um vagabundo. – O vagabundo possui dois relógios que não se podem comprar na Tiffany's, em um pulso o sol, no outro a lua, as mãos são feitas de céu.

Escuta! Escuta! Os cães ladram
Os mendigos estão chegando na cidade;
Uns esfarrapados, outros em trapos
E alguns em becas de veludo.

A Era do Jato crucifica o vagabundo, como pode ele

* Herói das histórias do Uncle Remus, narrador fictício criado pelo escritor americano Joel Chandler Harris (1848-1908). (N.E.)

saltar em um cargueiro a jato? Será que Louella Parsons é simpática para com os vagabundos? Henry Miller permitiria que os vagabundos nadassem em sua piscina. – E Shirley Temple, para quem o vagabundo deu o Pássaro Azul? Será que as jovens Temples não possuem mais pássaros azuis?

Hoje em dia o vagabundo precisa se esconder, e há cada vez menos lugares para isso, os tiras estão à sua procura, *chamando todos os carros, chamando todos os carros, vagabundos avistados nas imediações de Bird-in-Hand* – Jean Valjean curvado sob o peso do saco de candelabros, gritando para a rapaziada, "Está aqui a *alma* de vocês, a *alma* de vocês!". Beethoven era um vagabundo que se ajoelhava e escutava a luz, um vagabundo surdo que não podia ouvir as lamúrias dos outros vagabundos. – Einstein, o vagabundo com o suéter roto de gola alta de lã de ovelha; Bernard Baruch, o vagabundo desiludido sentado em um banco de parque esperando John Henry, esperando alguém muito louco, esperando o épico persa.

Sergei Esenin foi um grande vagabundo que se aproveitou da revolução russa para cair fora e beber "suco de batata" pelas aldeias atrasadas da Rússia (seu poema mais famoso se chama *Confissões de um vadio)*, no momento em que estavam derrubando o czar, ele declarou: "Neste exato momento estou com vontade de mijar ao luar pela janela". É o vagabundo sem ego que algum dia dará à luz uma criança. – Li Po foi um vagabundo poderoso. – O ego é o maior dos vagabundos – viva o ego vagabundo! Cujo monumento algum dia será uma caneca de café de folha-de-flandres dourada.

Jesus era um estranho vagabundo que caminhava sobre a água.

Buda também foi um vagabundo que não prestava atenção nos outros vagabundos.

O chefe Rain-In-The-Face*, mais estranho ainda. –

* Literalmente, chuva-no-rosto. (N.T.)

W. C. Fields – seu nariz vermelho explica o significado do mundo triplo, Grande Veículo, Veículo Menor, Veículo de Diamante.

O VAGABUNDO NASCE DO ORGULHO, não tem nada a ver com uma comunidade, mas consigo próprio e com outros vagabundos e talvez com um cão. – Vagabundos pelos aterros da linha férrea à noite fervendo imensas canecas de café. – Altiva era a maneira como o vagabundo cruzava por uma cidade, entrando pelas portas dos fundos, onde tortas esfriavam nos parapeitos das janelas, o vagabundo era um leproso mental, não precisava esmolar para comer, donas de casa possantes e ossudas do Oeste conheciam sua barba tilintante e sua toga esfarrapada, *venha e pegue!* Mas orgulho é orgulho, ainda assim, às vezes havia algum aborrecimento quando ela anunciava *venha e pegue*, e hordas de vagabundos surgiam, dez ou vinte de uma só vez, e ficava um bocado difícil alimentar todos eles; às vezes os vagabundos não tinham consideração, mas não sempre, só que, quando isso acontecia, eles perdiam o orgulho, se tornavam vadios – migravam para a Bowery em Nova York, para a Scollay Square em Boston, para a Pratt Street em Baltimore, para a Madison Street em Chicago, para a 12th Street em Kansas City, para a Larimer Street em Denver, para a South Main Street em Los Angeles, para a Third Street no centro de San Francisco, para a Skid Road em Seattle (todas elas "áreas pestilentas").

A Bowery é o paraíso dos vagabundos que vêm se divertir na cidade grande empurrando seus carrinhos metálicos e recolhendo papelão. – Vários vagabundos da Bowery são escandinavos, muitos deles sangram com facilidade porque bebem demais. – Quando chega o inverno, os vadios tomam uma bebida que chamam de mata-rato, que consiste de álcool metílico, umas gotas de iodo e raspas de limão, tomam de um só gole e blam!, hibernam o inverno inteiro para não apanharem um resfriado, porque não têm um lugar para morar e fica muito frio ao ar livre no inverno da cidade. – Às vezes os vagabundos dormem de braços dados para se manterem aquecidos na calçada mesmo. Os veteranos da Bowery Mission afirmam que os vadios cervejeiros são os mais beligerantes do grupo.

Fred Bunz é o Howard Johnson* dos vagabundos – fica na Bowery, 277, em Nova York. Escrevem o menu na janela com sabão. – Pode-se ver os vagabundos pagando relutantemente 15 centavos por miolos de porco, 25 centavos pelo *goulash*, e se arrastando para as gélidas noites de novembro com camisas de algodão puídas, mergulhando na Bowery lunar ao som de garrafas estilhaçadas no beco onde permanecem encostados na parede como rapazes arruaceiros. – Alguns deles usam chapéus impermeáveis apanhados ao lado dos trilhos em Hugo, Colorado, ou sapatos furados abandonados por índios nas lixeiras de Juarez, ou casacos do lúgubre salão de focas e peixes. – Hotéis de vagabundos são brancos, azulejados e parecem mictórios. – Antigamente os vagabundos diziam para os turistas que tinham sido médicos famosos, agora dizem que eram cicerones na África para estrelas ou diretores de cinema e que quando a TV surgiu eles perderam seus direitos de safári.

Na Holanda não se admitem vagabundos, talvez aconteça o mesmo em Copenhague. Mas em Paris se pode ser um vagabundo – em Paris os vagabundos são tratados com o maior respeito e raramente lhes recusam alguns francos. – Há várias classes de vagabundos em Paris, o vagabundo classe alta possui um cão e um carrinho de bebê no qual carrega todos seus pertences, que normalmente consistem de velhos *France Soirs*, trapos, latas, garrafas vazias, bonecas quebradas. – Esse vagabundo às vezes tem uma amante que o segue junto com o cão e o carrinho. – Os vagabundos de classe baixa nada

* Cadeia de restaurantes dos Estados Unidos surgida nos anos 20, hoje praticamente extinta. (N.T.)

têm, apenas se sentam às margens do Sena escarafunchando o nariz e olhando a torre Eiffel.

Na Inglaterra os vagabundos falam com sotaque inglês, o que faz com que pareçam estranhos – os vagabundos não são compreendidos na Alemanha. – A América é a pátria da vagabundagem.

O vagabundo americano Lou Jenkins, de Allentown, Pensilvânia, foi entrevistado no Fred Bunz's, na Bowery. – "Para que vocês querem saber tudo isso, o que vocês querem?"

"Me parece que você foi um vagabundo que percorreu o país inteiro."

"E que tal dar um vinhozinho pro camarada aqui antes de conversarmos?"

"Al, vai buscar o vinho."

"Onde é que isso vai sair, no *Daily News?*"

"Não, em um livro."

"O que vocês moleques estão fazendo aqui, quer dizer, cadê a bedida?"

"Al foi na loja de bebidas – você queria um Thunderbird, não é?"

"Pode crer!"

Lou Jenkins então resolveu abusar – "Que tal uns trocados para um quarto essa noite?"

"Ok, nós só queremos lhe fazer umas perguntas, do tipo: por que você foi embora de Allentown?"

"Minha mulher. – Minha mulher – nunca se case. Não dá para segurar a barra. Você quis dizer que isso vai sair em um livro, ei, o que estou dizendo?"

"Vamos lá, conte algo sobre os vagabundos ou coisa parecida. –"

"Bem, o que você quer saber sobre os vagabundos? Tem um monte por aqui, a barra anda pesada hoje em dia, nada de grana – escuta, que tal uma boa refeição?"

"Nos encontramos no Sagamore." (Respeitável lanchonete dos vagabundos na esquina da Third com a Cooper Union.)

"Legal, garoto, obrigado." – Ele abriu a garrafa de Thunderbird com um cutucão experiente no selo plástico. – Glub, enquanto a lua nasce resplandecente como uma rosa, ele emborca tudo com lábios grandes e feios, ávido para mandar goela abaixo, sclup! e lá se vai a bebida, e os olhos saltam, ele passa a língua pelo lábio superior e diz: "A-a-h!" – E grita: "Não esquece que meu nome se escreve Jenkins, J-e-n-k-y-n-s. –"

Outro personagem – "Você diz que se chama Ephram Freece, de Pawling, Nova York?"

"Bem, não, meu nome é James Russel Hubbard."

"Você parece muito respeitável para um vagabundo."

"Meu avô era coronel em Kentucky."

"Mesmo?"

"Sim."

"O que o fez vir parar aqui na Third Avenue?"

"Olha, realmente não posso saber, não me importa, não me chateio, não sinto nada. Desculpe, mas – alguém roubou minha navalha de barbear na noite passada, se você me der um dinheiro vou comprar um barbeador."

"E onde vai encontrar uma tomada? Você tem essas comodidades?"

"Um barbeador manual."

"Oh."

"E sempre trago esse livro comigo – *As Regras de São Bento.* Um livro chato, mas tenho um outro na mochila. Acho que é chato também."

"Então por que você os lê?"

"Porque achei. – Encontrei lá em Bristol no ano passado."

"Pelo que você se interessa? Você se interessa por alguma coisa?"

"Bem, esse outro livro que tenho é, er, sim, er, é um livrão estranho – você não devia ficar me entrevistando. Fala com aquele sujeito negro e velho ali, tocando harmônica – eu não presto para nada, tudo o que quero é ser deixado em paz. –"

"Vi você fumar cachimbo."

"É – tabaco Granger. Quer um pouco?"

"Pode me mostrar o livro?"

"Não, ele não está aqui comigo, só tenho isso comigo." – Aponta para o cachimbo e o fumo.

"Pode dizer alguma coisa?"

"Relâmpago."

O Vagabundo Americano está em vias de extinção enquanto os xerifes agem, como disse Louis Ferdinand Céline, com "uma linha de crime e nove de tédio", pois, já que não têm nada para fazer no meio da noite, quando todo mundo está dormindo, pegam no pé do primeiro ser humano que veem caminhando. – Implicam até com amantes na praia. Simplesmente não sabem o que fazer consigo mesmos naquelas viaturas policiais de cinco mil dólares com rádios estilo Dick Tracy, a não ser pegar no pé de tudo que se mova de noite e de dia e que pareça estar se movendo independentemente de gasolina, eletricidade, exército ou polícia. – Eu mesmo fui um vagabundo, mas me vi forçado a desistir por volta de 1956, por causa de um número cada vez maior de reportagens de televisão sobre os abomináveis mochileiros desconhecidos trilhando seu caminho independentemente – fui cercado por três rádiopatrulhas em Tucson, Arizona, às duas da manhã, enquanto caminhava com a mochila às costas rumo a uma doce noite de sono sob a lua rubra no deserto:

"Aonde você está indo?"

"Dormir."

"Dormir onde?"

"Na areia."

"Por quê?"

"Tenho meu saco de dormir."

"Por quê?"

"Para estudar a vida ao ar livre."

"Quem é você? Deixe-me ver a sua identidade."

"Acabei de passar o verão trabalhando no Serviço Florestal."

"Você foi pago?"

"Claro."

"Então por que não vai para um hotel?"

"Prefiro o ar livre, e é grátis."

"Por quê?"

"Porque estou estudando a vagabundagem."

"O que há de tão bom nisso?"

Queriam uma *explicação* para a minha vagabundagem e chegaram perto de me recolher, mas fui sincero com eles, e terminaram coçando a cabeça e dizendo: "Vai em frente se é isso que você quer". – Não me ofereceram uma carona de seis quilômetros até o deserto.

E o xerife de Cochise permitiu que eu dormisse na lama fria dos arredores de Bowie, Arizona, apenas porque não sabia disso.

Está acontecendo algo estranho, já não se pode ficar sozinho nem mesmo na vastidão primitiva (as chamadas "áreas primitivas"), há sempre um helicóptero bisbilhotando, é preciso se camuflar. – Então começam a exigir que observemos aeronaves estranhas para avisar a Defesa Civil, como se soubéssemos a diferença entre aeronaves estranhas comuns e outro tipo qualquer de aeronave estranha. – Pela parte que me toca, a única coisa a fazer é sentar em um quarto e se embebedar e deixar de lado a vagabundagem e as ambições campistas porque já não existe um só xerife ou vigia florestal em nem um dos cinquenta novos estados que lhe permita cozinhar uma comidinha sobre uma fogueira de gravetos em meio à mata espessa ou em um vale escondido ou em qualquer outro lugar porque eles não têm nada a fazer senão implicar com o que quer que avistem se movimentando na paisagem independentemente de gasolina, eletricidade, guarnições policiais militares. – Não tenho nenhum interesse a defender: simplesmente vou para outro mundo.

Ray Rademacher, um camarada que estava no albergue da Bowery, disse um dia desses: "Gostaria que as coisas fossem como eram no tempo em que meu pai era conhecido como Johnny, o Caminhante das White Mountains. – Certa vez ele endireitou os ossos de um garoto que havia se acidentado em troca de uma refeição e se mandou. Os franceses que moravam na vizinhança o chamavam de 'Le Passanta'" (Aquele que passa).

Os vagabundos da América que ainda conseguem viajar de maneira saudável se mantêm em boa forma, podem se esconder em cemitérios e beber vinho em bosques de árvores fúnebres e mijar e dormir em cima de pedaços de papelão e quebrar garrafas nas tumbas e não dar a menor bola nem se aterrorizar com os mortos, conseguem se manter sérios e bem-humorados na noite vasculhada por policiais e até se divertir deixando restos de seu piquenique entre as lajes cinzentas da Morte Imaginada, amaldiçoando o que julgam ser dias duros, mas Oh, o pobre vagabundo dos bairros sórdidos! Lá está ele dormindo em uma soleira, com as costas contra a parede, a cabeça caída, com a palma da mão direita para cima, como se esperando receber algo da noite, e a outra mão pendente, forte, firme, como as mãos de Joe Louis, patético, tornado trágico por circunstâncias inevitáveis – a mão como a de um mendigo, suspensa no ar com os dedos formando uma sugestão que revela o que ele deseja e merece receber, moldando o gesto da esmola, o polegar quase tocando na ponta dos dedos, como se na ponta da língua ele estivesse prestes a dizer dormindo e com esse gesto o que não pode dizer acordado: "Por que me tiraram isso, por que não posso respirar na paz e na suavidade da minha própria cama e sou obrigado a esperar aqui, nesses trapos anônimos e repugnantes, nesse portal humilhante, sentado à espera de que as rodas da cidade se movimentem?", e mais: "Não quero estender minha mão, mas durante o sono estou desamparado, não posso endireitá-la, aproveitem a oportunidade para ver minha súplica, estou sozinho, estou doente, estou morrendo – vejam minha mão virada, desvendem o segredo de meu coração humano, me deem o que preciso, me deem a mão, me levem para as montanhas de esmeralda além da cidade, me conduzam a um lugar seguro, sejam bondosos, bacanas, sorriam – estou cansado demais de todo o resto, estou farto, desisto, entrego os pontos, quero ir para casa, me leve para casa, Oh irmão na noite – me leve para casa, me tranque em segurança, me leve para onde tudo seja paz e amizade, para a vida familiar, minha mãe, meu pai, minha irmã, minha mulher e você meu irmão, você meu amigo – mas não há nenhuma esperança, nenhuma esperança, nenhuma esperança, eu acordo e seria capaz de dar um milhão de dólares para estar na minha própria cama – Oh Senhor, salve-me!". Em estradas perversas, atrás de tanques de gasolina onde cães assassinos rosnam por trás de cercas de arame farpado, viaturas policiais surgem subitamente como carros em fuga de um crime mais secreto, mais nocivo do que as palavras possam exprimir.

As florestas estão cheias de guardas.

Rimbaud*

Arthur!
On t'appela pas Jean!
Nascido em 1854 praguejando em Charle-
ville abrindo portanto caminho para
o abominável assassinato
de Ardennes
Não se admira que seu pai tenha partido!
Então aos 8 anos você entrou pra escola
– Pequeno Grande Latinista, quem diria!
Em outubro de 1869
Rimbaud está escrevendo poesia
em greco-francês –
Sem passagem

foge de trem pra Paris,
o miraculoso guarda-freios mexicano
o joga pra fora do trem
veloz, pro Céu, onde
ele não mais viaja porque o
Céu está em todo lugar –

* "Rimbaud", escrito em 1960, faz parte do livro *Scattered Poems.* Foi publicado na *Revista Oitenta, n.9,* L&PM Editores, 1984. Tradução de Albino Poli Jr.

Apesar de tudo as bichas velhas
intervêm –
Rimbaud sem mais Rimbaud
treina na verdejante Guarda
Nacional, orgulhoso, marchando
na poeira com seus heróis –
desejando ardentemente ser violentado,
sonhando com a Garota definitiva.
– Cidades são bombardeadas enquanto
ele olha & olha & chupa
seu lábio degenerado & olha
com olhos cinzentos para a
França Sitiada

André Gill foi o precursor
de André Gide –
Longas caminhadas lendo poemas
entre os Montes de Feno de Genet –
O Voyant nasceu,
o vidente enlouquecido faz seu
primeiro Manifesto,
dá cores às vogais
& às consoantes curiosos cuidados,
fica sujeito à influência
de velhas Bichas Francesas
que o acusam de constipação
do cérebro e diarreia
da boca –
Verlaine o convoca pra Paris
com menos aprumo do que quando
expulsou garotas pra
Abissínia –
"Merde!", grita Rimbaud
nos salões de Verlaine –

Fofocam em Paris – a Mulher de Verlaine
está com ciúmes de um garoto
que não sossega o rabo em canto algum
– Amor manda dinheiro de Bruxelas
– Mamãe Rimbaud odeia
a impertinência de Madame
Verlaine – Por essa época já se suspeita que o
        Degenerado Arthur seja
    um poeta –
Uivando no porão
    Rimbaud escreve uma Estação no Inferno,
sua mãe estremece –
Verlaine manda dinheiro & tiros
    pra Rimbaud –
    Rimbaud vai à polícia
    & apresenta sua inocência
    como a inocência pálida
    de seu divino e feminino Jesus
– Pobre Verlaine, 2 anos
no xadrez, mas poderia
ter levado uma faca no coração
– Illuminations! Stuttgart!
Estudo de Línguas!
A pé Rimbaud viaja
& olha através dos passos
alpinos para a Itália, procurando
    trevos da sorte, coelhos
    Reinos Encantados & a sua
    frente nada menos que o velho
        Canaletto e a morte do sol
        sobre velhos casarões venezianos
– Rimbaud estuda línguas
– ouve a respeito dos Alleghanes,
do Brooklyn, das últimas
Pragas Americanas –

A irmã que mais amava morre –
Viena! Ele olha pras confeitarias
& acaricia velhos cachorros! Assim espero!
Esse gato muito louco se alista
no Exército Holandês
& viaja pra Java de navio
comandando moscas
à meia-noite
na proa, sozinho,
ninguém ouve seu Comando
a não ser o brilho dos peixes
no mar – Agosto não é
época de se ficar em Java –
Visando o Egito, ele é mais uma vez
preso na Itália por isso volta
pra casa pra poltrona profunda
mas em seguida vai
de novo pra Chipre pra
dirigir um bando de tra-
balhadores numa pedreira –
com o que se parece esse Último
Rimbaud? – Poeira de pedras
& costas negras & picaretas &
gente tossindo, o sonho surge
na mente africana do francês, –
Inválidos dos Trópicos são sempre
amados – O Mar Vermelho
em junho, os tremores na costa
da Arábia – Harar,
Harar, o mágico entreposto
de comércio – Aden, Aden,
Sul de Bedouin –
Ogaden, Ogaden, jamais
conhecido – (Nesse tempo
Verlaine está sentado em frente a cognacs

em Paris imaginando
com o que o Arthur se parece agora &
como estão desoladas suas sobrancelhas
porque eles acreditavam
na beleza juvenil das sobrancelhas –)
Quem se interessa? Que espécie de
Franceses são esses?
Rimbaud, bata em
minha cabeça com aquela pedra!
Um Rimbaud sério compõe
artigos elegantes & eruditos
para Sociedades Geográficas
Nacionais & depois das guerras
Comanda Harari a Garota
(Ha Ha!) de volta
a Abissínia, & ela
era jovem, tinha olhos
negros, lábios grossos, cabelo
encaracolado, & seios de
um marrom polido
bicos de bronze & pequenas
pulseiras em seus braços &
juntava suas mãos sobre o ventre &
tinha os ombros tão largos quanto
os de Arthur & orelhas pequenas
– Uma garota de alguma
casta, em Bronzeville –

Rimbaud também conheceu
Polinésias esguias
com longos cabelos revolvidos
& seios pequenos & pés grandes –

Finalmente ele começa
a contrabandear armas

em Tajoura
viajando em caravanas, louco,
com um cinturão de ouro
amarrado na cintura –
Ludibriado pelo Rei Menelek!
O Xá de Shoa!
Os ruídos desses nomes
na mente ruidosa
de um francês!

Cairo para o verão,
vento amargo de limão
& beijos no parque empoeirado
onde garotas sentam de
pernas cruzadas
ao entardecer pensando
em nada –

Harar! Harar!
Levado de maca para Zeyla
lamentando o dia
em que nasceu – o barco
retorna ao castelo de giz
Marseille mais triste que
o tempo, que o sonho,
mais triste que a água
Carcinoma, Rimbaud
é devorado pela doença
de viver demais – Amputaram
sua linda perna –
Ele morre nos braços
de Isabelle
sua irmã
& antes de subir ao Céu
manda seus francos

para Djami, Djami
o garoto Harari
seu servo fiel
8 anos no Inferno
Africano do Francês,
& tudo resulta
em nada, como

Dostoiévski, Beethoven
ou Da Vinci –
Portanto, poetas, descansem um pouco
& calem-se:
Nada jamais surgiu
do nada.

COLEÇÃO 64 PÁGINAS

120 tirinhas da Turma da Mônica – Mauricio de Sousa
Antologia poética – Fernando Pessoa
A aventura de um cliente ilustre seguido de *O último adeus de Sherlock Holmes* – Sir Arthur Conan Doyle
Cenas de Nova York e outras viagens – Jack Kerouac
A corista e outras histórias – Anton Tchékhov
O corno de si mesmo & outras historietas – Marquês de Sade
Da felicidade seguido de *Da vida retirada* – Sêneca
O diabo – Leon Tolstói
Fábulas chinesas – Sérgio Capparelli e Márcia Schmaltz
A fugitiva – Anaïs Nin
O gato do Brasil e outras histórias de terror e suspense – Sir Arthur Conan Doyle
As grandes histórias da mitologia greco-romana – A. S. Franchini
O horror em Red Hook e outras histórias – H. P. Lovecraft
Missa do Galo e outros contos – Machado de Assis
O mistério de Marie Rogêt – Edgar Allan Poe
A mulher mais linda da cidade – Charles Bukowski
Noite em claro – Martha Medeiros
A obra-prima ignorada seguido de *Um episódio durante o Terror* – Balzac
O retrato – Nicolai Gogol

UMA SÉRIE COM MUITA HISTÓRIA PRA CONTAR

Alexandre, o Grande, *Pierre Briant* | **Budismo,** *Claude*
Levenson | **Cabala,** *Roland Goetschel* | **Capitalismo,** *Clauc*
Jessua | **Cérebro,** *Michael O'Shea* | **China moderna,** *Rar*
Mitter | **Cleópatra,** *Christian-Georges Schwentzel* | **A crise d**
1929, *Bernard Gazier* | **Cruzadas,** *Cécile Morrisson* | **Dinossau**
ros, *David Norman* | **Economia: 100 palavras-chave,** *Jear*
-Paul Betbèze | **Egito Antigo,** *Sophie Desplancques* | **Escrit**
chinesa, *Viviane Alleton* | **Evolução,** *Brian e Deborah Cha*
lesworth | **Existencialismo,** *Jacques Colette* | **Geração Bea**
Claudio Willer | **Guerra da Secessão,** *Farid Ameur* | **História d**
medicina, *William Bynum* | **História da vida,** *Michael J. Bentc*
| **Império Romano,** *Patrick Le Roux* | **Impressionismo,** *Dom*
nique Lobstein | **Islã,** *Paul Balta* | **Jesus,** *Charles Perrot* | **Joh**
M. Keynes, *Bernard Gazier* | **Jung,** *Anthony Stevens* | **Kan**
Roger Scruton | **Lincoln,** *Allen C. Guelzo* | **Maquiavel,** *Quer*
tin Skinner | **Marxismo,** *Henri Lefebvre* | **Memória,** *Jonathan F*
Foster | **Mitologia grega,** *Pierre Grimal* | **Nietzsche,** *Jean Gra*
nier | **Paris: uma história,** *Yvan Combeau* | **Platão,** *Julia Annas*
Primeira Guerra Mundial, *Michael Howard* | **Relatividade**
Russel Stannard | **Revolução Francesa,** *Frédéric Bluche*
Stéphane Rials e Jean Tulard | **Rousseau,** *Robert Wokler* | **San**
tos Dumont, *Alcy Cheuiche* | **Sigmund Freud,** *Edson Sousa*
Paulo Endo | **Sócrates,** *Christopher Taylor* | **Teoria quântica**
John Polkinghorne | **Tragédias gregas,** *Pascal Thiercy* | **Vinho**
Jean-François Gautier

L&PMPOCKET**ENCYCLOPÆDIA**

Conhecimento na medida certa